U0531686

设计师联名书系·K经典

沉 思

Betrachtung

[奥]弗朗茨·卡夫卡 Franz Kafka 著 · 卡夫卡中短篇作品
彤雅立 译 · 德文直译全集

UNREAD
北京燕山出版社
BEIJING YANSHAN PRESS

目 录

卡夫卡的遗嘱   1

沉思
Betrachtung   7

 乡间公路上的孩子们
 Kinder auf der Landstraße   11

 揭穿一个骗子
 Entlarvung eines Bauernfängers   18

 突如其来的散步
 Der plötzliche Spaziergang   22

 决心
 Entschlüsse   24

 山间远足
 Der Ausflug ins Gebirge   26

 单身汉的不幸
 Das Unglück des Junggesellen   27

商人
Der Kaufmann   29

凭窗闲眺
Zerstreutes Hinausschaun   33

回家的路
Der Nachhauseweg   34

擦肩而过的人
Die Vorüberlaufenden   36

乘客
Der Fahrgast   38

衣服
Kleider   40

拒绝
Die Abweisung   42

为男骑手们考虑
Zum Nachdenken für Herrenreiter   44

临街的窗户
Das Gassenfenster   46

真想当个印第安人
Wunsch, Indianer zu werden   47

树
Die Bäume   48

不幸
Unglücklichsein   49

卡夫卡年表   56

卡夫卡的遗嘱 [1]

---

[1] 关于弗朗茨·卡夫卡两份遗嘱的撰写时间,第一份推测写于1921年秋冬之际,第二份写于1922年11月29日,卡夫卡死后,其挚友马克斯·布罗德在卡夫卡的纸堆文件中寻得。马克斯·布罗德并未遵照遗嘱焚毁卡夫卡的所有书稿,而是在其死后悉数出版,并为其作传。本遗嘱在1924年7月14日首先发表于德国重要文艺与政论周刊《世界舞台》(*Weltbühne*, 1905—1933),后收录于1989年德国菲舍尔出版社(S. Fischer Verlag)所出版的卡夫卡与布罗德书信集《一段友谊,往复书简》(*Eine Freundschaft. Briefwechsel.*)。遗嘱是卡夫卡逝世后首度被公开出版的文字。

一

最亲爱的马克斯：

我最后的请求：我遗物当中的一切（也就是在书柜、衣柜、书桌上，无论是在家中、办公室，或者你所知道的其他可能的地方）日记、手稿、他人与我的信件、所画的素描等，必须彻底且未经阅读地焚毁，包括你或其他人拥有的一切我所写、所画的内容。你应当以我的名义请求他们，若人们不愿将信件移交给你，那么他们至少应当自行焚毁。

你的

弗朗茨·卡夫卡

二

亲爱的马克斯：

也许这次我再也无法起身了。一个月的肺部灼烧，之后肺炎的到来也许已足够夺去我的生命，我从未想过通过写作来击退它，尽管那有一定的力量。若有万一，关于我所书写的一切，最后愿望如下：

我所书写的一切当中，仅有以下书籍适用[2]：《判决》《司炉》《变形记》《在流放地》《乡村医生》与短篇小说《饥饿艺术家》。(《沉思》的一些印本

---

2 "适用"一词，在德语中为"gelten"，法律常用语，意为"适用""有效"。此处使用该词，显示出卡夫卡对自身作品的要求比较苛刻。

可以留下，我不想让人费力销毁，但也不可新印再版）。若我说，这五本书与这则短篇小说适用，我的意思并非希望它们新印再版，在将来的时代流传，相反，它们应当全部佚失，这才符合我的本来愿望。由于它们已存在过，我不会阻止任何人得到它们，若他们有兴趣的话。

除此之外，对于其他一切我所书写的（在杂志上刊印的，以及手稿或信件），只要能找得到，务必绝无例外地通过请求，向收件人取回（多数的收件人你是知道的，主要是费莉丝·M女士[3]、朱

---

3 此指卡夫卡自1912年至1917年的情人费莉丝·鲍尔（Felice Bauer, 1887—1960），德国犹太人，二人曾两度订婚，又两度解除婚约。费莉丝后于1919年嫁给银行合伙人莫里兹·马拉瑟（Moritz Marasse），改从夫姓，所以称为"M女士"。费莉丝与丈夫育有一儿一女，1931年举家迁往瑞士。第三帝国成立后，费莉丝一家于1936年由瑞士移往美国。1950年，其丈夫逝世，费莉丝晚年也因疾病与经济困难而将与卡夫卡的往来书信售予德国犹太出版商萨尔曼·薛肯（Salman Schocken, 1877—1959），《给费莉丝的情书》（Briefe an Felice）于1967年问世。

莉·沃丽采克女士[4]与米莲娜·波拉克女士[5]，尤其勿忘几册波拉克女士拥有的手记）——所有这些最好是无例外地未被阅读（但我不阻止你阅读它们，当然若你不这么做，这样对我最好，无论如何不许有其他人读）——所有这些要无例外地被焚毁，我请求你尽可能快地去做。

弗朗茨·卡夫卡

---

[4] 此指卡夫卡于1918年在捷克北部什雷森（Schelesen）疗养时所结识的第二任未婚妻朱莉·沃丽采克（Julie Wohryzek, 1891—1944），为捷克犹太人。两人于1919年夏天订婚，原定于同年11月结婚，但遭到卡夫卡父母强烈反对。之后，卡夫卡再赴什雷森疗养，撰写《给父亲的信》（Brief an den Vater）。1920年7月，两人解除婚约，关系至此结束。1921年，沃丽采克嫁给了一个银行合伙人并定居布拉格。1939年3月起，捷克被德军占领，沃丽采克被送往波兰奥斯维辛集中营，后于1944年8月26日遭到杀害。

[5] 此指米莲娜·叶森思卡（Milena Jesenská, 1896—1944），为捷克记者、作家与翻译家，1919年将卡夫卡的作品《司炉》（Der Heizer）译为捷克文，此后两人通信两年并陷入爱河，但其时叶森思卡已婚，其丈夫为奥地利犹太人、文学批评家恩斯特·波拉克（Ernst Pollak, 1886—1947），亦为卡夫卡青年时代友人。这段恋情由于叶森思卡不愿离开丈夫而结束。"二战"期间，德军占领捷克，叶森思卡参与抵抗运动并协助犹太人逃难，1939年，她遭纳粹盖世太保（国家秘密警察）逮捕，先后被监禁于布拉格与德国德累斯顿（Dresden）。1940年10月，叶森思卡被送往德国柏林北部的拉文斯布吕克（Ravensbrück）集中营进行劳动与思想改造。1944年5月17日，叶森思卡因肾病手术逝世于集中营。

沉思
Betrachtung

作品简介

《沉思》(*Betrachtung*)共收录十八篇短文。1908年3月,卡夫卡于德国《许培里昂》(*Hyperion*)文学双月刊发表八则小短文,包括《商人》《凭窗闲眺》《回家的路》《擦肩而过的人》《乘客》《衣服》《拒绝》《树》,后来皆收录于本书。1910年3月底,卡夫卡在布拉格《波希米亚日报》(*Bohemia*)上发表五则短文,题名《沉思》。1912年12月,《沉思》由恩斯特·罗沃特出版社(Ernst Rowohlt Verlag)于德国莱比锡出版。

致 M.B.[6]

6　此指弗朗茨·卡夫卡的挚友马克斯·布罗德（Max Brod，1884—1968）。

乡间公路上的孩子们
Kinder auf der Landstraße

我听见马车从花园篱笆旁驶过，有时也透过绿叶间微微移动的缝隙望见它们。在这炎热的夏季，木质车辐和车辕发出了好大的声响！干活的人从田中走来，阵阵笑声让人心烦。

我坐在小小的秋千上，在父母花园里的绿树间休息。

在篱笆外，行人车辆络绎不绝。孩子们奔跑而过；谷车上载着成捆的干草，干草捆上和周围坐着男男女女，经过时在花坛上投下暗影；傍晚时分，我看见一名男子拄着拐杖慢悠悠地散步，女孩们勾手并肩向他走来，一边向他招呼致意，一边拐进路旁的草地给他让路。

而后，鸟儿霎时飞蹿，我的眼睛追随着它们，看它们一个劲儿飞往高空，直到我相信不是它们在飞升，而是我在下坠。由于感到虚弱，我握紧秋千的绳索，开始微微摇晃。很快，我摇晃得更厉害了，拂过的空气已渐冰凉，飞翔的鸟儿不见了，空中出现闪烁的星辰。

我在烛光下吃晚饭。我时常把双臂放在木桌上，疲惫地吃着涂了奶油的面包。暖风吹起满是网眼的窗帘，有时外面有人经过，想看清我，同我说话，便会伸手去抓窗帘。烛火多半很快会熄灭，在幽暗的烛烟中，群聚的蚊子四下飞散。有个人站在窗外问我话，我看着他，像望着远山，或只是望着空气，而他也并不那么在乎我是否回答。

这时，有人跃过窗台，告诉我其他人已在屋门前，我叹了口气，站起身。

"不，你为什么这样叹气？发生了什么事？有什么不幸的灾祸吗？难道我们就要从此一蹶不振？

一切就这么完了吗？"

什么都没有完。我们跑到屋门前。

"感谢老天，你终于出现了！"

"你总是迟到！"

"为什么这样说我？"

"就是你，你要不想来，就待在家里吧。"

"没良心！"

"什么？没良心？你怎么能这么说？"

我们一头扎进夜色里。不分白天与黑夜。一会儿我们背心上的纽扣如牙齿般彼此摩擦起来；一会儿我们保持固定的距离奔跑着，像热带动物一样，嘴里喷着热气。我们就像古代战场上的盔甲战士，踏着沉重的步伐，雄伟地乘风而去，沿街追逐着进入窄巷，一路冲上乡间公路。有些人一脚踏进了路旁的沟渠，才刚刚消失在幽暗的斜坡前，就又如陌生人一般，站在乡间公路的坡道上俯视着。

"下来呀！"

"你们先上来！"

"上去让你们把我们推下来吗？我们聪明着呢，

才不会中你们的计。"

"我说你们可真胆小,上来,上来呀!"

"你们真的要这样吗,把我们推下来?你们有这个能耐吗?"

我们展开攻击,胸前被推了一把,接着心甘情愿地躺倒在路旁沟渠的草坡上。一切都均匀地变暖了,但我们感受不到草地的温度,只觉得疲倦。

如果我们向右翻身,用手垫着耳朵,这样便能欢喜入睡。我们想伸着下巴再站起来,却只会坠入更深的沟渠里。然后横伸手臂,斜摆双腿,欲迎风跳跃,肯定又会坠入更深的沟渠里。如此反复,不愿罢休。

你可以在最后一个沟渠里,尽情伸展四肢,特别是膝盖,然后舒舒服服地入睡。然而,几乎没有人想到这一点,大家只是像病了一样仰卧在草地上,想要哭泣。有个男孩双肘抵腰从斜坡跳到路上,黑乎乎的脚底从我们身体上方一跃而过,这时,我们眨了眨眼睛。

抬眼望去,月亮已挂在天边,一辆邮车在月光下驶过。风微微吹拂，在沟渠的草坡上也能感受得到，邻近的树林开始沙沙作响。此时是否独处已无关紧要。

"你在哪里？"

"过来！"

"大家一起！"

"怎么躲在那里？笨蛋！"

"你不知道邮车已经过去了吗？"

"不会吧！已经过去了？"

"当然了，在你睡着的时候。"

"我睡着了，不会吧？"

"别说啦，一看就知道你在睡觉。"

"你这是什么话。"

"来吧！"

我们比肩奔跑，有些人手拉着手，由于沿坡往下跑，头不能抬得太高。有人喊出了印第安人的战斗口号，然后我们开始了前所未有的疾驰，乘风跳跃。没有什么能让我们停下来。我们疾驰着，超过别人时还能把手臂交叉，从容地环顾四方。

我们在野溪小桥上停留，跑远的人也折返了。桥下的流水拍打着石头与树根，浑然不觉夜幕降临。没有理由不跳上桥栏杆啊！

一列火车从远方的树丛后面驶出来，车厢里灯火通明，玻璃窗低掩着。有人哼起了流行小调，而我们都想一起唱。我们唱得比疾行的列车还要急促，因为声音不够大，我们挥舞起手臂，簇拥在一起合唱，这让我们感到无限快意。当你的声音混到其他人的声音里时，那感觉就像被鱼钩挂住一样，无法脱身。

我们就这样背对着森林唱着，唱给远方的旅人听。村庄里的大人们还醒着，母亲们正在准备晚上的床铺。

时候已到。我吻了吻站在我身边的人，同近旁的三个人握手，然后开始沿路往回跑，没有人叫住我。到了第一个十字路口，他们已经看不见我了，我拐了弯，沿着田间小路又跑向森林。我奔向南方的那座城市，我们村里的人这么谈论它：

"看看那边的人！你们想，他们不睡觉的！"

"为什么不睡觉？"
"因为他们不会累。"
"为什么不会累？"
"因为他们是傻瓜。"
"傻瓜都不累吗？"
"傻瓜怎么会累呢？"

揭穿一个骗子
Entlarvung eines Bauernfängers

终于,在晚上十点左右,我与一个男人来到一幢华丽的宅邸前。我应邀来这里参加聚会。这个男人曾和我匆匆见过一面,这次我们又意外相遇,结伴同行,他拉着我在小巷子里绕了两个钟头。

"差不多了!"我一边说,一边拍手,作势表达必须离开的急迫。之前我已做过一些动作暗示。我觉得好累。

"您马上就要上去吗?"他问。我听见他口中发出了像牙齿相互碰撞的声响。

"是的。"

我马上告诉他,我是应邀前来的。毕竟,我受邀进入这幢宅子,我希望已经进去了,而非一直站在楼下的大门前,看着眼前这个人的耳朵。而今我与他静默不语,仿佛我们决定了要在这个地方停留很久。此时,周围的房屋加入了这场寂静,还有笼罩其上、直入星空的黑暗。那些看不见行人的脚步声,我们并不想费心揣测它们的去向。风不断地袭向街道对面,一台留声机在某个房间紧闭的窗后唱着歌——这些声音在寂静里清晰可辨,仿佛在宣示对寂静自古以来、从今而后的所有权。

我的同伴先是以他的名义,然后微笑了一下,也以我的名义认可了这一切。他沿着墙面伸出右臂,闭着眼睛把脸贴上去。

而我无法一直看着他微笑,因为一阵羞耻感忽然袭来。通过这个微笑,我认出他是个骗子,此外无他。我已经在这座城市待了几个月,原以为非常了解这些骗子:他们会在夜里的巷弄中伸出手,如酒馆老板一般向我们走来;他们会在我们身旁的广告柱附近流连闲荡,像玩捉迷藏那样,躲在圆柱子后面，至少用一只眼睛窥探着；他们会在十字路口，在我们胆怯时，忽然出现在人行道上，在我们跟前徘徊！我非常了解他们，他们是我在小酒馆里最先认识的城里人；我感谢他们让我头一次目睹了什么叫坚定与执着，我确信它们存在于世上，而我已经开始在我的内心深处感觉到它们了。即便你早已逃跑，即便早已没有可攫取的东西，他们仍在你的面前。他们不坐定也不跌倒，却看着你，即使间隔遥远，眼神也依然坚定。他们用的方法始终一样：大大咧咧地出现在我们面前，意欲阻挡我们去想去的地方，代之以他们心目中的住所，若我们发自内心地抵抗，他们会把它当成拥抱，将脸与身体都凑过来。

而这次，我和这个男人待了这么久，才看穿了他的把戏。我摩擦着指尖，想要抹去这种羞耻的感觉。

这个男子依旧贴在墙上，仍自认为是个骗子；那种对于命运的满足之情，使他的双颊不由得红润起来。

"我认出来了!"我说着,轻拍他的肩膀。然后我急忙跑上楼梯,楼上前厅的仆役们莫名忠诚的脸庞像一场美好的惊喜,使我高兴起来。我挨个儿注视他们,这时有人为我脱下大衣,掸去靴子上的灰尘。

我深吸一口气,伸展了下四肢,接着昂首阔步走进大厅。

突如其来的散步
Der plötzliche Spaziergang

若是你最终决定晚上还是留在家里,那就穿上便袍,用过晚餐后坐在有灯的桌旁,找点儿事情做做,比如下盘棋,结束后按习惯上床睡觉。若是外面的天气不怎么好,那待在家里就理所当然了。若是枯坐桌旁良久,起身离开定会引来一阵惊讶。楼梯间已是一片漆黑,房屋大门也已上锁,如果你还是因为突如其来的不快而起身,换下便袍,立即穿戴成上街的模样,解释说你得出门,简短道别后也这么做了,"砰"的一声迅速关上房门,你知道这么做或多或少都会让人心生恼火。

如果你再度置身街巷，以特殊的姿态摆动四肢，对这不期然而获得的自由，你显得特别灵活；如果通过这次决定，你感觉到所有的决断力在自己的身上聚集；如果你比平时更深刻地意识到，自己拥有的力量比所需要的更多，你能轻松、迅速地做出改变，并忍受它们；若是你就这样在长长的街巷走下去——那么，今晚，你将彻底退出你的家庭，让家兀自驶向无有实存的空洞。

　　此时，你的轮廓黑白分明，表情坚定，双脚用力踏地，让自己的真实面目显现出来。

　　在这深夜时刻，如果能去探望一个朋友，看看他过得怎么样，那么，所有的感觉就会更强烈。

决心
Entschlüsse

要从一个悲惨的处境中振作起来,自身必须要有充足的能量。我挣脱沙发,在桌旁转圈,活动脑袋与脖子,绷紧双眼周围的肌肉,让眼睛炯炯发光,让各种情感迎面而来:万分热情地招呼即将到来的某甲;友善地容忍在我房间里的某乙;尽管痛楚和忧虑像一列长长的火车一样驶进我的身体,我也要将某丙说出的一切话语大口大口地吞进肚子里。

然而,即便这样,我做的所有事情,无论是容易的还是困难的,还是会因为任何一个不可避免的错误而停滞搁浅,我也因此只能在原地打转。

所以,最好的办法还是承受一切,让自己像一块沉重的石头,在感觉自己被往前吹时,别让自己禁不住引诱,迈出不必要的步伐;让自己以动物的眼神注视他人,不流露悔恨。简言之,就是要亲手压制住生活中如幽灵般残留的东西,好让最后的、墓地般的安宁绵延下去,除此之外,别无存有。

这种状态下的一个典型动作,便是用小手指划过眉际。

山间远足
Der Ausflug ins Gebirge

"我不知道!"我无声地喊着,"我真的不知道。若没有人来,那就是真的没有人来。我没有伤害过人,也没有人伤害过我,但就是没有人愿意帮我。都是些无名之辈。而事实并非这样。只是没有人帮我罢了——要不然,无名之辈也能派上用场。我会非常乐意做一件事——为何不跟这些无名之辈来一场远足呢?当然是上山踏青了,不然要去哪儿呢?这些无名之辈簇拥在一起,勾肩搭背,许多双脚被短促的步子分开!可想而知,大家都身穿燕尾服。我们马马虎虎地走着,风穿过我们身躯和四肢间的缝隙。在山里,我们的嗓子可以自在舒展!神奇的是,我们没有唱歌。"

单身汉的不幸
Das Unglück des Junggesellen

当个单身汉是件很糟糕的事情。年老的时候,如果一个老男人想与人共度晚间时光,就得请求人们让自己加入,还要努力保住个人的颜面;若是生病了,他就得躺在床上一角,一连几个星期只能望着空荡荡的房间;一个单身汉总得站在房门前与人辞别;他不曾有妻子陪伴上楼的时候;他的卧房只有侧门,通往陌生的屋子;一个单身汉单手提着晚餐回家时,像年少时见过的一两位单身汉那样,追随着他们的外表和举止,沿途瞪着陌生的孩子们,却不能经常重复那句话:"我膝下无子。"

　　事情便是这样的，人们都会在今天与往后的真实生活中，一具肉身连着一颗头颅站在那里，当然还有额头，你可以用手拍拍。

商人
Der Kaufmann

可能有些人对我怀有怜悯之心，但我一点儿也没感觉到。我小小的事业使我满怀忧虑，它让我的额头和太阳穴里尽是痛楚，却没有让我看到满意的前景，因为我的生意太小了。

我必须提前几个小时做准备，交代勤杂工要事事放在心上，还要警告他不要犯下任何可能会犯的错误；预测下一季节的流行趋势，不是预测我的圈子里会流行什么，而是琢磨那些我不便于接触的乡下人的喜好。

我要赚的钱在那些陌生人身上，他们的生活状态我并不清楚。他们可能遭逢的不幸，我无法预料，我又怎么能阻止这不幸呢？也许他们铺张浪费，在饭店的花园里办起了宴会，其他人则在逃往美国的途中，只是来此暂时停留。

忙完一天，晚上商店关门打烊时，我忽然发觉，还有好几个钟头在眼前，却无法满足我业务上的无尽需求。此时，早晨被我丢得远远的激昂情绪，像复归的潮水般在我体内翻腾，它们并不在我的体内绵延，而是漫无目的地将我卷走。

但是，我无法利用这样的情绪，只能回家去。我的脸与双手肮脏且多汗，衣服上全是污渍与灰尘。我头戴工作帽，脚上穿着被木箱钉子剐坏的靴子。我像行走在波浪上，掰得手指咯咯作响，还捋了捋向我走来的孩子们的头发。

然而，路程很短，很快我便到家了。我打开电梯门，走了进去。

我发现，我忽然变成了独自一人。还有一些人，他们得爬楼梯，爬得有些疲惫，还要气喘吁吁地等待，直到有人打开公寓门，等着的时候，他们就有理由恼怒与不耐烦了，等走进屋子前厅，挂好帽子，穿过走廊和几道玻璃门，进入自己的房间，他们这才独自一人。

然而，我一进电梯就独自一人了。我蹲下身，望着窄窄的镜子。电梯开始上升，我说："安静，回去，你们是想待在树荫下、窗帘后，还是凉亭里？"

我咬牙切齿地说，楼梯栏杆像奔流的水一样，滑过雾面玻璃而下。

"飞走吧，愿你们那一双双我从未见过的翅膀，能带你们到村中山谷或者巴黎，若那里吸引着你们前去的话。

"好好欣赏窗外的景致吧，游行队伍分别从三条街走来，彼此互不相避，混乱交错，在队伍最后几排又出现了几个空地。请挥舞手帕，要吃惊，要感动，要赞美开车经过的美丽女士。

"穿过小溪上的木桥，向正在洗澡的孩子们点点头，赞叹远方战船上那千名水手的欢呼声。

"跟着那名不起眼的男子，若你们在门口撞见了，先对他洗劫一番，然后双手插进口袋，目送他悲伤地拐进左边的小巷。

"队形分散、骑马四处奔驰的警察勒住马,迫使你们回去。随他们去吧,我知道,这空荡荡的街道将使他们悲伤。你看,他们已经成双成对骑马离去,慢慢转过街角,又飞也似的穿过了广场。"

然后,我就得走出电梯,让它往下降。我按响门铃,一名女仆打开了门,我向她招呼致意。

凭窗闲眺
Zerstreutes Hinausschaun

在这急速到来的春日,我们该做些什么呢?今早的天空是灰色的,但是,如果在此刻,你走到窗边,会大吃一惊地把脸颊紧贴在窗户的把手上。

在窗户底下,你看到落日余晖映照在女孩稚气的脸上。女孩走着,左顾右盼;同时,你看见有个男人的影子从她身后匆匆走来。

接着,男人走了过去,女孩的脸豁然明亮起来。

回家的路
Der Nachhauseweg

看看风雨过后的空气多么有影响力！我曾有的成就在我面前显现，它们征服了我，我一点儿也没有反抗。

我行进着，我的速度就是这一带街巷的速度。这里所发生的事，都归我管——所有的敲门、敲桌声，所有的杯觥交错，还有在床上、在建筑物的脚手架旁、在暗巷的屋墙边以及在青楼的贵妃椅上的情侣们。

我估量我的过去与未来，发现两者都非常出色，难分轩轾；为何老天这样独厚于我，只能怪命运不公了。

  走进卧房时,我才开始若有所思,然而在楼梯间,脑海中却毫无可想之事。我将窗户完全打开,听见某个花园里依旧在演奏的音乐,这对我并没有太大的帮助。

擦肩而过的人
Die Vorüberlaufenden

当我们夜里散步穿过一条街巷时，远远地看见一个男人——由于眼前是条上坡路，且今晚是满月——他迎面奔来，我们不会拦下他，即使他看起来虚弱、邋遢，即使有人在他身后叫嚣着、追赶着，我们只会让他继续跑下去。

入夜了，我们只能让这条街在满月的照耀下，在我们面前陡升。更何况，也许这两个人在追逐玩闹，也许这两个人在跟踪另外一个人，也许前面是一个无辜被跟踪的人。也许后面的人想要杀人，那么出手拦下他的话，我们就会成为谋杀案的帮凶。

也许这两个人互不相识,他们只是各自赶回家睡觉,也许他们是梦游者,也许前面那个人身上带着武器。

说到底,难道我们不能觉得累吗?不是喝了这么多酒吗?我们很高兴,后面那个人也不见了踪影。

乘客
Der Fahrgast

我站在电车车厢的平台上,对自己在这个世界、这座城市及这个家中所处的位置感到全然不确定。我也无法随意声称自己有权在哪方面提出要求。我无法为自己辩解——为什么我会站在这平台上,拉着这吊环,让车厢载着我移动;为什么人们要避开电车,或安静行走,或伫立在橱窗前。无人要求我辩解,其实无所谓。

电车即将靠站,一个少女站在台阶旁,准备下车。在我眼前,她显得如此鲜明,仿佛我触碰过她一样。她穿一身黑衣,裙摆的褶子几乎纹丝不动,衬衣有些紧,白色衣领有着细织花边。她的左手平放贴着车厢壁,右手握着的伞顶着从上往下数的第二级台阶。她的脸是棕色的,鼻梁微塌,鼻头圆而宽。她有一头浓密的棕色头发,右边鬓角的发丝被风吹起。她小小的耳朵紧贴着脸,由于站在她的近旁,我能看见她的右耳背及耳根处的阴影。

那时我自问:她怎么能不对自己感到惊讶呢?怎么能紧闭双唇,一语不发呢?

衣服
Kleider

每当看见满是褶皱、流苏及垂饰的衣服包裹着美丽的身躯,十分赏心悦目时,我就想,这些衣服不会一直这么好看下去,它们会起皱,褶皱会再也无法抚平,它们会沾上厚厚的灰尘,再也无法清洗干净,而且没有人愿意每天从早到晚都穿着同一件华服,让自己显得可怜又可笑。

然而,我还是看见身形美丽的女孩,肌骨诱人,骨架娇小,皮肤紧致,秀发柔细,却成天穿着那套华服出现,总是用同一双手捧着同一张脸,看着镜中身着华服的自己。

偶尔在晚上,她们自宴会上迟归,镜中的衣服才显得破旧、臃肿,满是灰尘。只有这时,她们才想,它们已经被众人见过了,也就不大可能再穿了。

拒绝
Die Abweisung

我遇见一个美丽的少女,并且请求她:"行行好,跟我走吧。"可她沉默走过。她的意思是:

"你既非名门望族,也非魁梧的美国人——他们拥有印第安人的身材、俊秀深邃的眼睛,以及被青草气息与蜿蜒河水抚摩过的肌肤。你不曾到过我也不知道在何处的大海。那么请问,我,一个美丽的少女,为什么要跟你走?"

"你忘了,去年秋天的时候,没有轿车载着你在大街小巷奔驰;没有追随的男士倾倒在你的石榴裙下,喃喃地说着祝福的话语;你的双乳规矩地裹在胸衣里,但你的大腿与双臀补偿了这份节制;你穿着打了褶皱的塔夫绸晚礼服,我们都无比愉悦,你还莞尔一笑——这对身体是致命危险。"

"嗯,你我说得都对。在发现我们各自的话都无可辩驳之前,还是各回各家吧,你说呢?"

为男骑手们考虑
Zum Nachdenken für Herrenreiter

如果你仔细想想,你就不会因为诱惑而想在赛马比赛中得第一了。

在交响乐团的演奏声中,被冠以"国内最佳骑手"的称号,受尽褒奖,这确实让人倍感欢喜;然而,即便如此,也阻挡不了翌日清晨复归平静后涌上心头的悔恨。

对手是奸诈且极具影响力的人,他们的妒意令我们痛苦不安。我们正骑马穿过狭窄的夹道,眼前的平地很快变得空空荡荡。几个落后我们一圈的骑手骑向地平线边缘,身形愈加渺小。

我们的许多朋友急着去兑奖,只是在遥远的兑奖窗口那里扭过头来,向我们大声欢呼;最好的朋友根本没有为我们的马下注,因为他们担心我们的马要是输了,会迁怒于我们。可现在我们的马跑了第一,他们一分钱也没有赢;我们经过时,他们转过身去,宁可让目光望向看台。

落败的竞争者定定地坐在马鞍上,尽力不去计较他们遇上的不幸、遭逢的不公。他们看上去焕然一新,好似就要加入一场新的比赛,一场紧接这场儿戏之后的严肃赛事。

在许多女士眼中,这位冠军显得可笑,因为他膨胀起来,却不知道该如何应付无休无止的握手、招呼、致意、遥祝。失败者不发一语,轻轻拍打着正在低鸣的马儿的脖子。

终于,阴沉沉的天空下起了雨。

临街的窗户
Das Gassenfenster

那些生活寂寥,却仍想跟此处彼处的某个地方产生联结的人;那些因昼夜更迭、天气变化、工作变动等变数,而想看看是否有双援手可以求助的人——对于他们来说,若是没有一扇临街的窗户,是坚持不下去的。即便他是一个无可寻之事的男人,只因疲惫而走到窗边,他的眼神也会游移在行人与天空之间;即便他不想看外面,将脑袋微微后仰,还是会被楼下喧嚣的车马声拖进人间和睦的景象中。

真想当个印第安人
Wunsch, Indianer zu werden

如果你是一个印第安人,那就随时准备骑上飞奔的马,在风中疾行,于天地间驰骋震荡。直到不用马刺,因为已无马刺;直到抛去缰绳,因为已无缰绳。以至于你还没来得及发现眼前是一片修整平齐的草地,马就已没入其中。

树
Die Bäume

因为我们就像躺在雪地里的树。从表面来看,它们躺在光滑的雪地上,你只要轻轻一碰就能将之推开。但不是的,你推不动,因为它们已与大地紧紧相连。但是你看,就算如此,也只是看起来如此罢了。

不幸

Unglücklichsein

在十一月某天向晚时分,当一切变得难以忍受时,我便开始在房里的长毯上来回踱步,像在跑道上奔跑。我看见街上的路灯倏地亮起,吓了一跳,之后再次转身,进入房间深处。在镜子底部,我又发现了新的目标,我喊出声,只为了让自己听见这喊叫声,即便无人回应,也没有什么削弱这呐喊的力量。于是,这声音越来越强,即便终将复归沉默,仍旧势不可当。这时,墙壁里匆忙地开了一扇门,如此匆忙,因为匆忙有其必要,连楼下石子路上拉车的马,也如同脱缰的战马一样,昂首扬蹄,放声嘶喊起来。

　　一个小孩，如同一个小小的鬼魂，从一条没有灯火的漆黑长廊溜出来，踮脚站在隐隐晃动的地板上。他被房间里朦胧的光线晃了眼，急忙将脸埋进双手里，但又突然镇定下来，眼睛望着窗户，透过十字窗框，他看见街灯照亮的雾气高高腾起，最终又归于黑暗。他用右手肘抵着墙壁，站在敞开的门前，身体挺直，任由从外面吹来的风轻抚他的脚踝、脖颈，将鬓角向上吹拂。

　　我看了他一眼，说了声"晚上好"，然后从壁炉罩上取下大衣，因为不想光着上身站在那里。我嘴巴张了好一阵，想着内心的激动之情可以宣泄出来。我的嘴里尽是苦水，脸上眼皮微颤，我什么都不缺，除了这次期待中的来访。

　　那孩子依然站在原地靠着墙，他的右手抵着墙壁，脸颊通红，手指不住地摩擦那面刷成白色的粗糙的墙。我说："你想找的人真的是我吗？没有搞错？再也没有什么比在这所大房子里找错人更容易的了。我叫某某，住在三楼。我就是你想要拜访的人吗?"

"安静,安静!"那孩子扭头说道,"一切都没错。"

"那么请进到我房间来,我想把门关上。"

"我刚刚关上门了,您不用忙了,先平静一下吧。"

"别管我忙不忙。不过这条长廊上住了很多人,我自然都认识。大部分人现在都刚下班回来,要是他们听见有人在房里说话,就会认为自己有权打开房门,看看发生了什么事。这种事已经发生过一次了。这些人白天有工作要做,在晚上短暂的自由时间里,谁愿意再听命于他人呢?你一定也知道吧。请让我把门关上。"

"喂,这是怎么回事?您怎么了?就算大家都回来了,我也不在乎。我再说一次:我已经把门关上了!您以为只有您能关门吗?我甚至还用钥匙反锁了门。"

"那好,这样就够了。你根本用不着上锁。既然人来了,就舒服地待着吧。来者是客,请信任我,放轻松,别害怕。我不会逼你留下或者离开。我还需要说这些吗?你这么不懂我?"

"不,您真的不用说这些。况且,您真的不该说这些。我只是个小孩,您干吗要这么为我费心?"

"其实没什么。你当然是个孩子,但是你可一点儿也不小,你已经长大了。如果你是个女孩,就不可以像这样,把自己跟我锁在一个房间里。"

"这用不着担心吧。我只是想说:虽然我懂您,但这不见得能保护我,只是省得您再去费工夫对我说谎了。但您还是这么恭维我。我请求您,别再这样做了。再说,我也不是真的完全懂您,特别是这里一片漆黑。如果您把灯打开,会好很多。不,还是不要。我会一直记得,您威胁过我。"

"什么?我会威胁你?拜托,我很高兴你终于来了。我说'终于',是因为现在天色很晚了。我只是不解,你为什么会这么晚来。有可能是我自己一高兴起来就乱说话,然后让你误解了。我说过的话,要我承认十遍都可以,我要是威胁了你,你爱怎么想都可以,就是不要吵架,好吗?老天!但你怎么会这样想?你怎么可以这样伤害我?你为什么要用全部的力气破坏你在这里短暂的停留?随便一个陌生人都比你亲切。"

"这我相信,这也不是什么至理名言。与陌生人对您亲近不同,我可是依着本性亲近您的。这您都知道,又何必忧虑呢?假如您说想演一出闹剧,那么我马上走人。"

"是吗?你也敢对我说这样的话?你的胆子未免太大了,你好歹还在我的房间里。你竟发疯似的用手指摩擦我的墙?这是我的房间,我的墙!何况你说的话不仅无礼狂妄,而且可笑。你说本性使你这样跟我说话,真的吗?你的本性迫使你这样?真是感谢你善良的本性。你的本性就是我的本性。要是我天生对你友善,你也应该这么对我。"

"您这样就叫友善吗?"

"我说的是过去。"

"您知道我待会儿会怎么样吗?"

"我什么都不知道。"

我走到床头柜边,点亮蜡烛。那时,我房里没有煤气灯,也没有电灯。我在桌旁坐了一会儿,直到坐烦了才披上大衣,从长沙发上拿起帽子,吹灭蜡烛。出门的时候,我被沙发腿绊了一下。

在楼梯间,我遇见了同楼层的一位房客。

"您又要出门了,这位先生?"他问,双脚横跨两级楼梯。

"不然我该怎么办?"我说,"现在我的房里有鬼。"

"您说话时的不满表情,就像在汤里面发现了一根头发一样。"

"您真幽默。要知道,鬼就是鬼。"

"真的。但是如果我根本不相信鬼魂的存在呢?"

"嗯,您以为我相信鬼魂的存在吗?就算我不相信,又有什么帮助呢?"

"很简单。要是鬼魂真的找上您,也无须害怕。"

"嗯,但那种恐惧只是次要的。真正的恐惧是对鬼魂显现的原因的恐惧。这种恐惧会一直存在下去。像现在,它就在我心里挥之不去。"因为精神紧张，我开始翻找我所有的口袋。

"既然您不害怕鬼魂，您可以问问它们显现的原因啊。"

"显然您从来没有跟鬼魂说过话。关于这个问题，没有人能够从它们嘴里得到确切的解答，它们只会兜圈子。这些鬼魂比我们更怀疑自身的存在，也难怪它们这么脆弱了。"

"我听说人可以养鬼？"

"没错。人是可以养鬼，但谁会去做呢？"

"为何不做？比方说，要是有个女鬼的话……"他一边说着，一边跃到上面的台阶。

"原来如此，"我说，"但还是不值得一做。"

我思索片刻。那人已经爬得很高，要从楼梯间的转角处弯下腰来才看得见我。"无论如何，"我说，"要是您带走我楼上的鬼魂，那我们之间就完了，永远完了。"

"我只是开个玩笑。"他说完，便把头缩了回去。

"那就好。"我说。现在应该可以轻松地去散个步了，但我太孤单了，宁可上楼准备睡觉。

卡夫卡年表

1883年	7月3日,弗朗茨·卡夫卡生于波希米亚王国首都布拉格。波希米亚王国的范围大致相当于今天捷克共和国摩拉维亚地区以外的地方,当时隶属于奥匈帝国。
	卡夫卡的父亲赫尔曼·卡夫卡(Hermann Kafka, 1852—1931)出身贫寒,是捷克犹太商贩,母亲朱莉·洛维(Julie Löwy, 1856—1934)出身犹太中产之家,受教育程度不高,仅能从事主妇之职,协助丈夫经营妇女美妆用品店。
	卡夫卡有三个妹妹,分别为爱莉·卡夫卡(Elli Kafka, 1889—1942)、娃莉·卡夫卡(Valli Kafka, 1890—1942)和奥特拉·卡夫卡(Ottla Kafka, 1892—1943),她们都在"二战"期间死于纳粹集中营。大妹与二妹于1941年10月被送往波兰洛兹(Lodz)的犹太集中居住区,翌年死于库尔姆(Kulmhof)集中营;小妹于1943年死于奥斯维辛-比克瑙(Auschwitz II-Birkenau)集中营;另有两个弟弟,皆在幼年病逝。
1889年(六岁)	就读于弗莱许广场(Fleischmarkt)的德语小学。
	9月,大妹爱莉出生。
1890年(七岁)	9月,二妹娃莉出生。
1892年(九岁)	10月,小妹奥特拉出生。
1893年(十岁)	进入旧城德语中学就读。与家人住在柴特纳街。
1901年(十八岁)	夏天,中学毕业。
	秋天,入布拉格卡尔-费迪南大学(Karl-Ferdinands-Universität),当时也称布拉格德语大学(Deutsche Universität Prag)就读;
	起初修习化学、日耳曼语言文学与艺术史,后改习法律。

- 1902年（十九岁）　　暑假，在波希米亚西北部城镇里波荷（Liboch）与特里施（Triesch）的舅舅家度过，其舅舅西格弗里德·洛维（Siegfried Löwy）为一名乡村医生。

　10月，在大学初识捷克犹太作家与评论家马克斯·布罗德（Max Brod，1884—1968），后成为莫逆之交。

- 1904年（二十一岁）　撰写短篇小说《一场战斗纪实》（Beschreibung eines Kampfes），此为卡夫卡现存最早的作品。与犹太作家马克斯·布罗德、奥斯卡·鲍姆（Oskar Baum，1883—1941）、费利克斯·韦尔奇（Felix Weltsch，1884—1964）等开始固定聚会，交往密切。

- 1906年（二十三岁）　10月，开始在布拉格地方与刑事法庭实习，为期一年。

- 1907年（二十四岁）　撰写《乡村婚礼筹备》（Hochzeitsvorbereitungen auf dem Lande）。

　10月，受到舅舅推荐，进入布拉格"忠利保险公司"担任临时雇员。随家人搬迁至尼可拉斯街。

- 1908年（二十五岁）　3月，在《许培里昂》（Hyperion）文学双月刊发表八则小短文，后收录于《沉思》（Betrachtung）。

　7月，离开"忠利保险公司"，入"劳工事故保险局"任职，它是波希米亚王国的半官方机构，卡夫卡在此工作到1922年，长达14年之久。

- 1909年（二十六岁）　春夏之际，开始着手写日记。

　9月，与布罗德兄弟（Max und Otto Brod）同游意大利北部，于布雷西亚（Brescia）观赏飞机试飞，写成短篇游记《布雷西亚的飞机》（Die Aeroplane in Brescia），不久发表于布拉格的德语报纸《波希米亚日报》（Bohemia）。

　秋天，编修《一场战斗纪实》第二版。

- 1910年（二十七岁）　3月底，于《波希米亚日报》发表五则短文，题名《沉思》。

　10月，与布罗德兄弟同游巴黎。初遇巡回布拉格演出数月的犹太人剧团，并产生兴趣。

- 1911年（二十八岁）　夏天，与马克斯·布罗德同游瑞士、意大利北部与巴黎。

　9月底，因肺病于苏黎世近郊艾伦巴赫的疗养院停留。

- 1912年（二十九岁） 年初，开始撰写长篇小说《失踪者》(*Der Verschollene*)。这部作品在之后出版时由布罗德更名为《美国》(*Amerika*)。

  夏天，与马克斯·布罗德同游莱比锡（Leipzig）、魏玛（Weimar）与哈茨山（Harz）附近一处名为雍柏恩（Jungborn）的天然疗养院。

  8月，整理《沉思》书稿，在布罗德家中遇见柏林犹太人费莉丝·鲍尔（Felice Bauer, 1887—1960）。

  9月20日，开始与费莉丝通信。

  9月22日，一夜撰写出《判决》(*Das Urteil*)，该小说奠定了卡夫卡的写作风格。

  11月至12月，撰写《变形记》(*Die Verwandlung*)。

  12月，《沉思》由德国莱比锡的恩斯特·罗沃特出版社（Ernst Rowohlt Verlag）出版，收录短文十八篇。

  12月4日，在布拉格举行首度公开演讲，朗读《判决》。

- 1913年（三十岁） 3月，在布罗德家中朗读《变形记》。与费莉丝频繁通信。初次赴柏林访费莉丝。

  5月，圣灵降临节假期赴柏林再访费莉丝；月底，短篇小说《司炉（一则断片）》(*Der Heizer : Ein Fragment*)（《失踪者》第一章）在莱比锡由科尔特·沃尔夫出版社（Kurt Wolff Verlag）出版。

  6月，《判决》发表于布罗德编集的《阿卡迪亚》(*Arkadia*) 文学年鉴。

  9月，游维也纳、威尼斯、里瓦（Riva）。

- 1914年（三十一岁） 4月，复活节假期两日赴柏林访费莉丝。

  6月1日，在柏林与费莉丝订婚。

  7月12日，解除婚约。游历德国北部波罗的海、吕贝克。

  7月28日，"一战"爆发，因其公务职能，被免除入伍从军。

  8月，在比雷克街租赁自己的房间；月初，开始撰写长篇小说《审判》(*Der Prozess*)。

  10月，撰写《在流放地》(*In der Strafkolonie*)。完成《失踪者》最后一章。

1915年（三十二岁）	1月，解除婚约后于波希米亚北部边界城市博登巴赫（Bodenbach，今 Decin）与费莉丝·鲍尔相见。
	3月，迁居至朗恩街。
	10月，《变形记》发表于德国表现主义文学月刊《白书页》（*Die Weißen Blätter*）十月号。
	11月，《变形记》由科尔特·沃尔夫出版社出版。
	12月，德国犹太表现主义作家卡尔·史登海姆（Carl Sternheim，1878—1942）将其获得的柏林冯塔纳文学奖（Fontane-Preis，1913— ）的奖金八百马克全数授予卡夫卡，作为对其作品的高度肯定。
1916年（三十三岁）	7月，与费莉丝·鲍尔同游波希米亚西部的玛丽亚温泉市（Marienbad）。
	9月，《判决》由科尔特·沃尔夫出版社出版。
	11月10日，在德国慕尼黑公开朗读短篇小说《在流放地》；月底，迁居至炼金术士街（位于布拉格城堡旁、中世纪风格与炼金传统受保护的黄金巷），撰写《乡村医生》（*Ein Landarzt*）等短篇小说。
1917年（三十四岁）	3月，迁居至美泉宫附近的广场街。
	7月，与费莉丝二度订婚。
	8月，发现肺结核病征。
	9月4日，被医生确诊为肺结核；后至波希米亚西北部曲劳（Zürau，又称 Sirem）一处由小妹奥特拉经营的农场休养。自秋天至翌年春天，于日记上撰写许多箴言。费莉丝曾于9月前往探访两日。
	12月，费莉丝造访布拉格，两人第二次解除婚约。
1918年（三十五岁）	居于曲劳至4月。
	夏天，居于布拉格；访波希米亚北部城镇伦布尔克（Rumburg / Rumburk）。
	9月，访奥匈帝国城镇图尔瑙（Turnau）。
	11月起，定居捷克（捷克斯洛伐克共和国于当年10月成立）北部什雷森（Schelesen）疗养，于旅馆结识捷克犹太人朱莉·沃丽采克（Julie Wohryzek，1891—1944）。

- 1919年（三十六岁） 春天，回布拉格。

  夏天，与朱莉·沃丽采克订婚。

  10月，《在流放地》在德国由科尔特·沃尔夫出版社出版。

  11月，与朱莉·沃丽采克订婚一事受到双亲强烈反对；咳血，于什雷森疗养；撰写《给父亲的信》(*Brief an den Vater*)。

- 1920年（三十七岁） 4月，于今意大利北部德语区南提洛（Südtirol）的梅兰镇（Meran）疗养；南提洛原为奥匈帝国（1867—1918）境内最高处，"一战"后被意大利吞并；与已婚的捷克女记者、翻译米莲娜·叶森思卡（Milena Jesenská, 1896—1944）因《司炉》的捷克文翻译而开始书信往来，并陷入爱河。

  春天，《乡村医生》由科尔特·沃尔夫出版社出版，收录短篇小说十四则。

  7月，与朱莉·沃丽采克解除婚约。

  夏天至秋天，居于布拉格，撰写多篇小短文。

  12月中，赴塔特拉（Tatra）疗养。

- 1921年（三十八岁） 于塔特拉停留至8月。

  秋天，再返布拉格。写成短篇小说《最初的苦痛》(*Erstes Leid*)。

- 1922年（三十九岁） 1月底至2月中旬，于捷克北部高山科克诺谢山的史宾德穆勒（Spindelmühle）疗养。后居于布拉格。

  春天，写成短篇小说《饥饿艺术家》(*Ein Hungerkünstler*)。

  1月至9月，撰写长篇小说《城堡》(*Das Schloss*)。

  7月1日，结束在劳工事故保险局14年的任职。

  7月底至9月中旬，随小妹奥特拉居于普拉纳（Plana）。

  10月，《饥饿艺术家》发表于德国《新论坛报》(*Die Neue Rundschau*)。

- 1923年（四十岁） 居于布拉格。

  6月，访德国北部近波罗的海的米里茨市（Müritz），与德国犹太人朵拉·迪亚曼特（Dora Diamant, 1898—1952）相遇。

  9月，自布拉格移居柏林，与朵拉同居。

  10月，写成短篇小说《一名小女子》(*Eine kleine Frau*)。

1924年（四十一岁）	居于柏林，病情急速恶化，其时德国通货膨胀、政局不安。 3月，返布拉格，写成《女歌手约瑟芬或耗子民族》（*Josefine, die Sängerin oder Das Volk der Mäuse*）。 4月，由朵拉陪同，前往奥地利东部基尔林（Kierling）的疗养院接受治疗；病中校对短篇小说集《饥饿艺术家》。 6月3日，病逝于维也纳附近的基尔林市。 6月11日，安葬于布拉格史塔许尼兹（Straschnitz）的犹太墓园。 夏天，短篇小说集《饥饿艺术家》于德国柏林出版，共有故事四则。
1925年（死后一年）	长篇小说《审判》于德国柏林出版。
1926年（死后两年）	长篇小说《城堡》于德国慕尼黑出版。
1927年（死后三年）	长篇小说《美国》（马克斯·布罗德所题书名，原名为《失踪者》）于德国慕尼黑出版。
1931年（死后七年）	遗稿集《中国长城建造时》（*Beim Bau der chinesischen Mauer*）于德国柏林出版。
1934年（死后十年）	遗稿集《在法的门前》（*Vor dem Gesetz*）于德国柏林出版。
1935年至1937年	马克斯·布罗德主编《卡夫卡全集》共六册，于美国纽约出版。
1950年至1967年	马克斯·布罗德主编《卡夫卡全集》全十册，于德国法兰克福出版。

沉思：卡夫卡中短篇作品德文直译全集

[奥]弗朗茨·卡夫卡 著

彤雅立 译

图书在版编目（CIP）数据

沉思：卡夫卡中短篇作品德文直译全集 /（奥）弗朗茨·卡夫卡著；彤雅立译．— 北京：北京燕山出版社，2021.1（2024.3重印）

（设计师联名书系．K经典）

ISBN 978-7-5402-4673-0

Ⅰ．①沉… Ⅱ．①弗… ②彤… Ⅲ．①中篇小说－小说集－奥地利－现代②短篇小说－小说集－奥地利－现代 Ⅳ．①I521.45

中国版本图书馆CIP数据核字(2020)第185796号

Betrachtung

By Franz Kafka

Jacket design by Peter Mendelsund
本简体中文版翻译由台湾远足文化事业股份有限公司 / 缪思文化授权
Simplified Chinese edition ©2021 by United Sky (Beijing) New Media Co.,Ltd.

All rights reserved.

选题策划	联合天际·文艺家工作室
特约编辑	张雪婷　王书平
美术编辑	程 阁
封面设计	Peter Mendelsund　刘彭新

责任编辑	郭 悦　李瑞芳
出　　版	北京燕山出版社有限公司
社　　址	北京市西城区椿树街道琉璃厂西街 20 号
邮　　编	100052
电话传真	86-10-65240430（总编室）
发　　行	未读（天津）文化传媒有限公司
印　　刷	大厂回族自治县德诚印务有限公司
开　　本	787 毫米 ×1092 毫米　1/32
字　　数	28 千字
印　　张	2.125 印张
版　　次	2021 年 1 月第 1 版
印　　次	2024 年 3 月第 6 次印刷
I S B N	978-7-5402-4673-0
定　　价	45.00 元

本书若有质量问题，请与本公司图书销售中心联系调换

电话：(010) 5243 5752

未经许可，不得以任何方式复制或抄录本书部分或全部内容

版权所有，侵权必究